Franz Michael Felder

Gespräche des Lehrers Magerhuber

Franz Michael Felder: Gespräche des Lehrers Magerhuber

Entstanden: 1866.
Erstdruck: Dornbirn (Höfle und Kaiser) 1912.

Neuausgabe mit einer Biographie des Autors
Herausgegeben von Karl-Maria Guth
Berlin 2016

Der Text dieser Ausgabe folgt:
Franz Michael Felder: Gespräche des Lehrers Magerhuber mit seinem
Vetter Michel. 1866, in: Franz Michael Felders sämtliche Werke.
Herausgegeben im Auftrage des Franz Michael Felder-Vereins zu
Bregenz. Band 4: Erzählungen und kleine Schriften, Leipzig: Hesse &
Becker, 1913, S. 328–362.

Die Paginierung obiger Ausgabe wird hier als Marginalie zeilengenau
mitgeführt.

Umschlaggestaltung von Thomas Schultz-Overhage

Gesetzt aus der Minion Pro, 11 pt

Verlag: Henricus - Edition Deutsche Klassik GmbH
Mörchinger Str. 33, 14169 Berlin, info@henricus-verlag.de
Druck: Libri Plureos GmbH, Friedensallee 273, 22763 Hamburg

Die Ausgaben der Sammlung Hofenberg basieren auf zuverlässigen
Textgrundlagen. Die Seitenkonkordanz zu anerkannten
Studienausgaben machen Hofenbergtexte auch in wissenschaftlichem
Zusammenhang zitierfähig.

ISBN 978-3-86199-732-0

Bibliografische Information der Deutschen Nationalbibliothek

Die Deutsche Nationalbibliothek verzeichnet diese Publikation in der
Deutschen Nationalbibliografie; detaillierte bibliografische Daten sind
im Internet über www.dnb.de abrufbar.

Einleitung

In der guten alten Zeit hatte im Bregenzerwalde wohl jedes Dorf und jedes Dörflein seine Linde, sein sog. Kaufhaus oder sonst einen öffentlichen Platz, wo nicht nur die Jugend sich versammelte zu Spiel und Tanz, sondern wo auch die ernsteren Väter oft und gerne ihre Schätze von Lebensweisheit zum Nutzen und Frommen aller öffneten. Nicht nur Dorfneuigkeiten wurden auf solchen »Stubata« zusammengeschwemmt; diese hatten für jeden Gemeindebürger die Bedeutung einer Schule, indem er hier zum Landsbräuchlichen erzogen wurde, durch ehemalige Fremdler, die nun in Ehr' und Ansehen bei den ihren lebten, Kunde von der Welt erhielt und sich dabei sein Urteil über Menschen und Sachen frei nach seiner Eigenart bildete.

Oft und oft bestätigte sich schon in solchen Versammlungen der Ausspruch eines ungarischen Abgeordneten:

»Ein gesprochenes Wort wirkt und kann nützen, immer aber schadet es weniger als ein ungesprochenes.«

Die alten Bregenzerwälder waren ganz andere, als ein ihnen ferner Stehender hätte glauben können, was man freilich auch vielen Kindern der jetzigen Zeit – nur in umgekehrtem Sinne – nachsagen muß. Unsere Väter waren die Verfasser des Jahrhunderte zu Recht bestandenen Landsbrauches, durch den sie sich selbst ihr schönstes Denkmal gesetzt haben, und auch die von ihnen auf uns gekommenen Sprüche und Redensarten beweisen, daß sie nicht nur über Milchwirtschaft und Käsebereitung nachzudenken pflegten.

Sie ist nun vorüber, jene Zeit, wo aus dem Auge jedes jungen »Wälders« die stolze Hoffnung, einmal Landammann zu werden, herauszuleuchten schien, doch lebte die Erinnerung an sie immer im Gedächtnis und noch mehr im Wesen der Besten des Volkes fort.

Die Versammlungen unter den Dorflinden haben aufgehört, denn unsere Verhältnisse scheinen nicht nur größeren Volksversammlungen, sondern auch den harmlosesten Zusammenkünften ungünstig zu sein. So ist es denn jenen Guten und Tüchtigen nicht mehr gegeben, auch die anderen zu und mit sich zu ziehen, und in viele Sümpfe verläuft sich der mächtige Strom, der den Verkehr zu beleben, der alle zu tragen vermöchte. Unsere Feste sind, wo ihnen der frohe Tanz und das freie Wort fehlen, zu gemeinen Schlemmereien geworden, von denen die Besseren sich bald mit Widerwillen ins sog. Herrenstüble zurückziehen. So hat sich, dank dem Bemühen unserer Erzieher und Leiter sowohl als ihrer gutmütigen Helfer und Helferinnen, auch, hier jene bedauerliche Trennung der Klassen zu vollziehen angefangen, an der die jetzige Gesellschaft krankt. Selbst wo nach dem Ausspruch unserer Dichter alle gleich sind und sich als Gleiche fühlen, in Wirtshäusern, in Kirchen und auf Friedhöfen, gibt es bevorzugte Plätze, auf die der gewöhnliche Mensch nur noch mit dem Gefühle des Neides zu blicken vermag.

Aber einen Platz hat das Volk noch, wo es sich frei bewegt, wo 329 Mißtrauen und Neid noch immer vergebens ihren Samen streuten, damit er aufschieße riesengroß und die Menschen sich zwischen dem Unkraut wie auf einer Prärie vorkämen – dieser Platz ist – die Sennhütte.

Nach des Tages Mühen und Sorgen kommen hier die Dorfbewohner mit den gefüllten Butten zusammen, um den Segen des Stalles, die Milch, die hier gesennet wird, sich messen und aufschreiben zu lassen. Jeder kommt hieher als abhängiger Bauer, als Arbeiter und in seinen Werktagskleidern, wie er den Kuhstall verläßt; daher gilt denn auch immer der am meisten, der die anderen am besten unterhält. Früher war es gewöhnlich der beste Spaßmacher, jetzt, seit dem man etwas ernster worden, ist es der Zeitungsleser oder wer sonst Kunde zu bringen weiß von dem, was in der Welt geschieht.

Der von wenigen kapitalbesitzenden Händlern abhängige Bauer fühlt seine Lage zu ähnlich der der Arbeiterbevölkerung größerer Orte, als daß die Arbeiterbewegungen, von denen die fleißiger, als man glaubt, gelesenen deutschen Zeitungen berichten, ihm hätten gleichgültig bleiben können. Und wie überall wurden auch hier mit der sozialen zugleich die politischen Fragen in den Kreis der Beratungen gezogen.

Es gibt und gab Leute, die das als ein trauriges Zeichen der Zeit schmerzlich beklagten. Es gab solche, die von heiliger Stätte aus diejenigen zu bekämpfen suchten, die einem zeitgemäßen Gedanken zum Ausdruck verhalfen; doch die Tat schlug in ihr Gegenteil um, dadurch das so erregte Aufsehen gar mancher aus seinem krankhaften Schlummer geweckt und so der Wirkungskreis der Angefeindeten nach allen Seiten erweitert wurde.

Mißverständnisse und Verwechslungen des Sachlichen mit dem Persönlichen konnten um so weniger ausbleiben, in je weiteren Kreisen der Gedanke der Sennhüttler, die Produzenten zu eigenen Unternehmen zu vereinen, besprochen wurde.

Es dürfte nun endlich Zeit sein, sowohl Freunden als Gegnern in einigen Gesprächen, die der Verfasser kürzlich zu belauschen Gelegenheit hatte, die Grundgedanken jener früheren Unterredungen unverfälscht vorzulegen.

Der hier auftretende Lehrer hat im letzten Sommer als Maurer in der Fremde allerlei gehört und gelesen; er ist daher nicht immer, ja nur selten eins mit dem etwas behaglichen Vetter Michel, den man jedoch im ganzen keinen Stockbauern, sondern einen ziemlich fortgeschrittenen liberalen Michel nennen darf.

Dem Verfasser, einem Bregenzerwälderbauern, fällt es nicht ein, mit einem Cicero[1] oder auch mit weit Geringeren zu wetteifern; aber beim Bauen wird man wohl auch die gemeinen Arbeiter brauchen können. Also einstweilen Steine zusammentragen, seinerzeit werden sich die Anstreicher schon finden! Dem »Ruf aus Vorarlberg« folgen diese Gespräche. Die einfache, freilich mir auch bequemste Form verrät den Wunsch, daß sie auch in weitern Kreisen gehört und erwogen würden.

Franz Michael Felder.

---

1   Cicero wird hier genannt, weil Felder eine Stelle aus dessen Tuskulanen 1,16 gegen Ende des »Zweiten Gespräches« zitiert.

Erstes Gespräch

MICHEL: Herrliche Herbsttage das! Noch glaubte man kaum, daß es schon November sei, wenn man nicht auch dich, den sicheren Wintervogel, wieder kommen sähe. Aber das, Vetter, das war ein 331 trauriger Sommer! Ich hätte nicht mehr geglaubt, daß du meinen Ältesten noch einmal sehen würdest. Man kann sich wohl kaum vorstellen, wie mir ward, als ich in der Zeitung las, wie jetzt die Rosse mehr wert seien als die Menschen. Es war furchtbar!

LEHRER: Es war wie immer, wenn von einem oder einigen ein Zweck verfolgt wird und die Mittel, die Werkzeuge, nur so viel gelten, als sie zur Erreichung dieses ihres Zweckes wert sind. Da kann es einem gar oft begegnen, daß man weniger als ein Tier, ja weniger als eine Maschine geschätzt und auch danach behandelt wird.

MICHEL: Ja, ja, der Krieg ist das allerschrecklichste.

LEHRER: Und doch muß man ihn, wie die Welt nun einmal ist, ein notwendiges Übel nennen.

MICHEL: Geht denn Macht vor Recht?

LEHRER: Ja. –

MICHEL: Mensch – Kerl – und dich läßt man noch Lehrer sein?

LEHRER: Nur ruhig! In unseren Schulen haben wir nichts mit der Gegenwart, ihren Schlagwörtern und Forderungen zu tun. Wir haben ja von Abraham und Isaak und ähnlichen Helden der guten alten Zeit vorzutragen; jener Zeit, da der Mensch noch Gut und Blut einsetzte für seine Überzeugung. Damals war das Recht Macht, wie die Lebensgeschichte vieler beweist; heutzutage aber gleicht das Recht fast der von den einen heiß, den andern kalt gedachten Sonne hoch oben am oft bewölkten Himmel. Die armen Menschlein sitzen auf einem Hügel und warten auf ihre Strahlen, die sie ein wenig erwärmen und die Früchte an den Bäumen neben ihnen reif machen sollen.

MICHEL: Es gibt aber doch ein göttliches Recht, ein Gewissen, dessen Sprache –

LEHRER: Dessen Sprache in den Söhnen Jakobs und den Schülern des Sokrates, im Chinesen und im Europäer, im Richter am Scheiterhaufen der verurteilten Hexe und in einem Kinde des 19. Jahrhunderts eine sehr, sehr ungleiche sein muß. Ein deutscher Dichter sagt: »Wie einer ist, so ist sein Gott«, und noch immer hat dieses Wort sich bestätigt. Darum bei den freien Völkern anfangs überall Vielgötterei. Auch später noch verehrte man höhere, aber doch dem Allgeist untergeordnete Wesen und suchte durch sie sich ihm näher zu bringen.

MICHEL: Hoch hinaus – zerstört das Haus!

LEHRER: Ich bin schon wieder bei dir; wie mit dem Begriffe von Gott, so mußte es mit dem Gewissen sein, so auch mit dem, was im gewöhnlichen Leben Recht oder Unrecht heißt.

MICHEL: Es gäbe nach, diesem für jeden andere Rechte?

LEHRER: Rechte? Nein! Ich möchte sagen, es gibt nur ein Recht für alle wie nur einen Gott. Aber wie die vielen herrlichen Eigenschaften des Unendlichen von jedem nur zum kleinsten Teile geahnt werden, wie wir diese gleichsam unter uns teilen und doch täglich die wohltätige Wirkung aller empfinden, ähnlich ist es oder sollte es doch sein mit dem durch, das Gesetz, gegebenen Recht. Das Gesetz ist ein Kompromiß, eine Vereinbarung, oder wie ein neuerer Schriftsteller sagt: der Ausdruck der innerhalb einer gesellschaftlichen Verbindung (Staat) bestehenden Machtverhältnisse. Zuerst war der mächtige Krieger, waren die Fürsten und ihre Helfershelfer die Gesetzgeber, dann wurde auch Wissenschaft Macht, und als später mit dem Fortschritte der Bildung und dem Wachsen der Macht des Menschen über die Naturkräfte der Bürger zum Wohlstand kam und vergesellschaftungsfähig wurde, mußte auch dieser bei der Gesetzgebung berücksichtigt werden. Nur das Verkennen dieses Gesetzes, das wie ein Naturgesetz wirkt, hat die neuen, flüssigen Elemente bis zur Revolution des Jahres 1789 aufgehalten. Seitdem hat keine Gesetzgebung über die an den Errungenschaften der Zivilisation teilnehmenden Völker ohne wenigstens scheinbare

Berücksichtigung dieses dritten Standes für die Dauer bestehen können.

MICHEL: Nun endlich kommst du mir doch recht. Es wäre mir schon fast zu langweilig worden, so vor dir dazustehen wie s. Zt. in der Schrift »Der Liberale und der Katholik« der erstere vor letzterem. Du weißt, ich nehme an den Bestrebungen der Liberalen nach Kräften Anteil und lerne aus ihren Blättern, soviel ich kann. Ich muß gestehen, daß mir jener Liberale denn doch etwas zu hölzern vorkommen wollte.

LEHRER: Nun gut, so mache du es besser.

MICHEL: Das will und werde ich. Du willst, wenn ich dich recht verstand, mir beweisen, daß der Rechtszustand einer gesellschaftlichen Verbindung immer das Resultat ihrer Geschichte oder der Ausdruck der bestehenden Machtverhältnisse sei. Allerdings ist es richtig, daß die französische Revolution die von der fortgeschrittenen Nation als vernunftwidrig erkannten Privilegien für ungültig erklärte; ja wenn man nur wenige Jahrhunderte weiter zurücksähe, so müßte man dir wohl recht lassen mit deiner Behauptung, daß jedes Recht ein geschichtliches, ein errungenes sei. Aber man weiß, daß es zu allen Zeiten und unter allen Völkern Männer gegeben hat, die mit Erfolg für das kämpften, was eigentlich, auch der Grundgedanke der französischen Revolution war. Griechen und Römer beweisen uns, wie wenig wir lernen, beweisen, daß das Recht des Volkes ein ewiges, daß das Bewußtwerden nicht von gewissen geschichtlichen Erscheinungen abhängig ist. Der Preis der französischen Revolution war nur das, was höher gebildete Völker schon im grauen Altertum beinahe am Anfang aller Geschichte ihr Eigentum, ihr Recht genannt hatten. 334

LEHRER: Ich wünschte, daß du das ein wenig unbestimmte Wort »Volk« nicht so oft gebrauchtest.

MICHEL: Warum nennst du es ein unbestimmtes?

LEHRER: Weil es je nach, dem Standpunkt desjenigen, der es gebraucht, eine sehr ungleiche Bedeutung hat. Wenn deine gepriesenen Alten vom Volke redeten, so dachten sie dabei nicht an die vielen tausend Sklaven, die ihnen zum Wohlstand verhalfen und es ihnen dadurch möglich machten, sich mit andern Angelegenheiten zu beschäftigen. Es gehörten also viele Tausende nicht zum Volke. Ja, du kannst die Volksstaaten des Altertums oder des Mittelalters, kurz alle uns geschichtlich bekannten derartigen Erscheinungen auch bei den sog. fortgeschrittensten Völkern ins Auge fassen, immer und überall, von Salomon herauf bis ins 18. Jahrhundert wirst du finden, daß die ausgedehnte Rechtsstellung des einzelnen, die Grundlage freier Verfügung des Volkes über seine Angelegenheiten, nicht als ein dem Menschen als solchem zustehendes Recht betrachtet wurde, sondern lediglich bloß als eine ihm zufällig, vermöge seiner Eigenschaft als Mitglied der fraglichen Staatsbürgerschaft zustehende Befugnis, als das Privilegium einer bestimmten Klasse. Die der Verfassung von 1791 vorausgeschickten, bereits 1789 beratenen und beschlossenen »Menschenrechte« aber verkünden:

Die Menschen werden frei und gleich zu Rechten geboren und bleiben es; die gesellschaftlichen Auszeichnungen können bloß auf die gemeine Nützlichkeit gegründet sein.

MICHEL: »Und dann?« Pflegen die Jesuiten zu fragen.

LEHRER: Dann kamen furchtbare Tage. Die plötzlich und zum großen Teil ohne eigenes Verdienst Entfesselten waren einer Zeit, wo jeder entweder Hammer oder Amboß sein mußte, noch zu nahe, als daß nicht ein Schatten davon, ja ich darf wohl sagen das furchtbarste Dunkel auf sie hätte fallen müssen. Die Verkündigung der »Menschenrechte« war eine Folge des Zusammenwirkens aller lebensfähigen Elemente der Nation gewesen; als aber die Klassen wieder zum Bewußtwerden noch fortbestehender gesellschaftlicher Gegensätze gedrängt wurden, da kam die durch Kapital und Bildung mächtigste Klasse, die Bourgeoisie, gar bald wieder oben auf und vergebens forderte später die Bevölkerung der Vorstädte die Verfassung von 1793 wieder zurück. Immer aber sind seit jener Zeit die, welche die wahre Wohlfahrt der Gesellschaft anstrebten, auf die dem Menschen als solchem gebührenden Rechte zurückgegangen.

MICHEL: So wäre denn nach diesem das Wort Volk doch nicht mehr gar so unbestimmt.

LEHRER: Nach *diesem* wäre es wohl bestimmt, aber bald *nach* diesem wurde es wieder sehr unbestimmt, denn die Zeit war wohl groß, aber die Menschen klein und auf den die anderen Überragenden blieb liegen, was nur von allen getragen werden konnte. Darum ist denn auch, das Wort Volk ein unbestimmtes geblieben und wird es zum Unheil der Menschheit bleiben, so lange jene gesellschaftlichen Gegensätze fortbestehen. Der der Klasse der Bourgeoisie Angehörende denkt sich, wenn er mit Fräulein Tochter und einigen guten Freunden vom Volke redet, ganz etwas anderes als da, wo er sich, als sein Repräsentant gebärdet. Mir kommt die Geschichte, d.h. diese Ordnung, fast vor wie eine Haushaltung, die zwar von außen als ein Einiges angesehen wird, in der aber jedes Glied seine eigene Rechnung macht und keines dem andern recht traut.

MICHEL: So ein Hauswesen wird sich aber auch nach außen den Schein der Sicherheit und Festigkeit nicht lange wahren können, da es ja rasch, dem nicht mehr zu verbergenden Verfall entgegengetrieben werden muß.

336

LEHRER: Das glaub' ich auch.

MICHEL: Ich habe dir aber die Nichtigkeit deines Vergleiches noch nicht zugestanden.

LEHRER: Warum nicht?

MICHEL: Des Bürgerstandes bevorzugte Stellung entstammt wohl weniger der Unterdrückung des sog. gemeinen Mannes als der Macht höherer Bildung, die jedem Anerkennung und Achtung abnötigt, wenn er sich auch noch so sehr dagegen wehrte. Das Volk findet sich jetzt allerdings zum großen und größten Teil im Bürgerstande, doch kann ich das, die vielen Kenntnisse berücksichtigend, die zu erwerben ihm möglich und von seiner gesellschaftlichen Stellung geradezu geboten war, nur ganz in der Ordnung finden. Die Leute hier herum sind mit ihren eigenen Angelegenheiten derart beschäftigt und überladen, daß sie froh sein müssen, wenn sie sich nicht auch noch mit den ihnen weniger wichtigen des Staates zu befassen haben, zumal sie letztere getrost denen überlassen dürfen, die, wie gesagt, am meisten Gelegenheit und Veranlassung haben, sich dazu gehörig vorzubereiten.

LEHRER: Mit dem zuletzt Gesagten bin ich so ziemlich einverstanden. Doch sage mir schnell: Gibt es für den Menschen, dieses vergesellschaftungsfähige und -bedürftige Wesen, wichtigere Angelegenheiten, als die des Staates? Wozu wären denn je Menschen in einer gesellschaftlichen Verbindung zusammengetreten und hätten derselben soviele ihrer persönlichen Freiheiten zum Opfer gebracht, als um vereint zu erreichen, was dem und den einzelnen zu erreichen rein unmöglich war? Du wirst doch etwas höher hinauswollen, als jenes Bäuerlein, welches behauptete, daß unser Staat immer in 337 Wien drunten sei.

MICHEL: Du hast eigentlich recht. Der Staat, d.h. seine Beamten und Diener sind es, die dem einzelnen sein Eigentum schützen, die Gewerbe sichern und überhaupt die Ordnung aufrecht erhalten müssen.

LEHRER: Nein, Vetter Michel, der Staat ist nicht nur so ein Polizei-Institut. Erniedrige nicht dich selbst, indem du so klein denkst von der Verbindung, zu der auch du gehörst; Bauer, werde mir nicht zu verbauert! Vergleiche die Verbindung, in der die größten und kühnsten Gedanken der Besten und Tüchtigsten, von der Kraft aller unterstützt, sich verwirklichen oder doch verwirklichen sollten, nicht mit deinem Kuhstall, in dem die vom Zufall zusammengetriebenen Kühe vor Kälte und Nässe geschützt werden.

MICHEL: Ich hätte vom Staat schon auch noch mehr zu sagen gehabt, denn ich weiß wohl, daß die Teilung der Arbeit, durch die eigentlich der Mensch zum Menschen wurde, nur im Staate möglich war. Die Teilung der Arbeit schritt sicher genau in dem Maße fort, in welchem eine genügende Zahl Menschen, einen Teil ihrer Freiheiten opfernd, sich dem aus der Sorge für das Gemeinwohl erwachsenden Rechtszustande unterordneten. So war z.B. wohl eines der größten

Hindernisse bei der Teilung der Arbeit die Schwierigkeit, Ortsveränderungen vorzunehmen, daher war das Bedürfnis der Wege eines der frühesten. Zuerst bildete der Fußpfad das einzige Verbindungsmittel, dann, als die Landwirtschaft sich schon bedeutend entwickelt hatte, trat das Saumpferd an die Stelle des Menschen, dann gab es Straßen, Schiffe, Postanstalten und ein Verbindungsmittel folgte dem andern. Aber immer mehrere mußten sich vereinigen, teils um Kraft zu gewinnen, teils um der Selbstsucht der hiedurch Geschädigten mit Erfolg entgegentreten zu können. Auch hier war die Teilung der Arbeit vielleicht zwar zum Nachteil dieses oder jenes einzelnen, aber sicher zum Wohle der Gesamtheit. Daher mußte diese oder ihre Diener überall befehlend auftreten, wo mit Vernunftgründen nichts auszurichten war. Später freilich wurden die gesundesten Körper stark genug, um auch die noch widerstrebenden schwächeren anzuziehen. Heute ist der Kleine im Großen da, durch ihn vertreten und trägt mit ihm Vor- und Nachteile gemeinsam. Daher ist wohl eine der wichtigsten Staatsangelegenheiten die Sorge für den Handelsstand, von dessen Macht oder Gebundenheit sowohl Konsumenten als Produzenten abhängig sind.

LEHRER: Nur soll für den Handel so gesorgt werden, daß er dem Verkehr dient. Es soll gesorgt werden nicht besonders für einen Stand, sondern dafür, daß alle handeln und tauschen können, ohne sich ihre Werte erst vom allmächtigen Vermittler *schaben* zu lassen, wie der Bregenzerwälder den Vorgang sehr treffend bezeichnet. Mir kommt es überhaupt vor, einer unserer alten Sprüche sage auch mehr und Richtigeres vom Staat, als deine Auseinandersetzung gesagt hat, nämlich der:

Drei im Verein
sind mehr als zehn allein.[1]

---

1   So glaubte ich folgenden Spruch übersetzen zu dürfen:
    Dri i-s gmuo
    Seand meh as zeho-n-aluo.

MICHEL: Und warum sollte diese Reder besser sein, als die meinige?

LEHRER: Weil sie sich nicht bloß auf etwas Besonderes, nur gerade in unserer Zeit so stark Hervortretendes bezieht. Im Verein mit verschiedenen Talenten und Fähigkeiten ist sogar der Schwächere etwas für sich und etwas für die andern. Das ist aber nicht immer 339 so gewesen. Im Anfange war Kain und Abel, der Jäger und der Ackerbauer. Jeder hatte den andern nötig, da ja der Bauer lange auf die Ernte warten mußte und auch der Jäger sicher nicht jeden Tag seine Beute heimbrachte. Später kam der Jäger als Krieger, als Eroberer und machte den Ackerbauern zu seinem Sklaven. Erst mit dem Wachsen der Macht des Menschen über die Natur und seiner Herrschaft über die Naturkraft verbesserte sich auch die Stellung des Schwächeren. Schwere Lasten hatte zuerst nur der Staat vom Platze zu bringen vermocht, Achse und Rad aber konnte auch der weniger Kräftige benützen, um nun noch viel größere Lasten vom Platze zu bringen. Kain mußte sich noch der Kraft fordernden Keule bedienen, David, der Knabe, hatte nur einen Kieselstein. So führte die Herrschaft des mit der Natur ringenden Menschen über ihre bereits eroberten Kräfte nach und nach zur Gleichheit des Schwachen und des Starken, wenn nicht einzelne die so gewonnene Macht für sich allein in Anspruch nahmen und sich nun doppelt und dreifach stark gegen die andern erhoben, und die Verbesserung der Werkzeuge erhöht den Wert des Menschen als eines denkenden Wesens, wenn diese Werkzeuge allen dienen, die ihrer bedürfen. Das scheint mir in kurzem die Entwicklung und die Aufgabe der Menschheit zu sein, und wenn du nichts dagegen hast, so sage mir, was du hiezu, also für die Entwicklung der Geschichte der Menschheit zum Höchsten für das Nötigste halten würdest.

MICHEL: Auf diese Frage bin ich wirklich nicht vorbereitet.

LEHRER: Und doch hast du selbst es schon gesagt: *Ein festes Zusammenstehen*, ohne welches die zum Menschen machende Teilung der Arbeit rein unmöglich gewesen wäre.

MICHEL: Nun hast du mir allerdings bewiesen, daß durch Entdeckun-
gen und Erfindungen die Schwächeren und die Starken sich gleicher 340
stellten. Ich begreife auch, daß der erste Jäger, obwohl ihm gehörte,
was seine Keule erreichte, ganz alleinstehend gedacht, nicht fort-
kommen konnte. Aber sage mir nun, was hat das alles mit unsern
modernen Zuständen, mit unseren Staaten gemein, was beweist es
für uns?

LEHRER: Wenn wir nur noch in einer Klasse lebten und uns ent-
wickelten, etwa in der der Handelsleute und Krämer, dann allerdings nicht mehr viel.

MICHEL: Ich kann nicht begreifen, wie du gegen die, durch die die
Gesellschaft besteht, warum du gegen den Handelsstand so abge-
neigt sein kannst.

LEHRER: Das bin ich nicht, nur möchte ich das Mittel nicht über
den Zweck stellen.

MICHEL: Wer den Zweck will, muß auch die Mittel wollen.

LEHRER: Der Zweck ist der Verkehr. Der Amerikaner *Carey* stellt
Handel und Verkehr als etwas Ungleiches sich gegenüber, indem
er beweist, daß, solange der Handel von einigen Mächtigen betrie-
ben wird, dieselben den freien Verkehr, den Tausch ohne ihre
Vermittlung hindern wollen und können, indem sie Konsumenten
und Produzenten sich ferne halten und sich dazwischen stellen –
nicht als ihre Diener, sondern als ihre Beherrscher, um alle Macht,
alle Bildung für sich allein zu haben. Das aber führt zur Barbarei,
indem es die Gesellschaft trennt und den einzelnen rechts und
links mit Mauern umgibt, so daß er nur noch vorwärts rennen
kann in die Höhen oder Tiefen der Gesellschaft. Ich habe dir bereits
angedeutet, was ich vom Staat erwarte; ich will aber nun einen
andern reden lassen, der es besser kann. In seiner Verteidigungs-
schrift: »Die Wissenschaft und die Arbeiter« sagt Ferdinand *Lassalle*
beiläufig so: Wenn die Adelsidee die Geltung des Individuums an
eine bestimmte natürliche Abstammung und gesellschaftliche Lage
bannt, so ist es die sittliche Idee der Bourgeoisie, daß jede solche 341
rechtliche Beschränkung ein Unrecht sei, daß das Individuum

vielmehr gelten müsse rein als solches und daß ihm nichts anderes als die ungehinderte Selbstbetätigung seiner Kräfte als der eines Einzelnen zu garantieren sei. Wären wir nun, sage ich, alle gleich reich, gleich gescheit, gleich gebildet, so möchte diese sittliche Idee ausreichend sein; da aber eine solche Gleichheit nicht stattfindet, nicht stattfinden *kann,* da wir nicht als Individuen schlechtweg, sondern mit bestimmten Unterschieden des Besitzes und der Anlagen in die Welt treten, die dann auch wieder entscheidend werden über die Unterschiede der Bildung, so ist diese Idee noch nicht ausreichend. Denn wäre nun demnach in der Gesellschaft nichts zu garantieren, als die ungehinderte Selbstbetätigung des Individuums, so müßte das in seinen Konsequenzen zu einer Ausbeutung des Schwächeren durch den Stärkeren führen. Die sittliche Idee des Arbeiterstandes ist daher die, daß die ungehinderte Selbstbetätigung des Individuums für sich allein noch nicht ausreiche, sondern daß dazu in einem sittlich geordneten Gemeinwesen noch kommen müsse die Solidarität der Interessen, die Gemeinsamkeit und Gegenseitigkeit der Entwicklung. Die Geschichte, sagt Lassalle ferner, die Geschichte ist ein Kampf mit der Natur, mit dem Elend, der Unwissenheit, der Rechtslosigkeit und somit der Unfreiheit aller Art, in der wir uns im Naturzustand, am Anfang der Geschichte befinden. Die fortschreitende Besiegung dieser Machtlosigkeit, das ist die Entwicklung der Freiheit, wie die Geschichte sie darstellt. In diesem Kampfe würden wir nie einen Schritt vorwärts gemacht haben, noch jemals weiter machen, wenn wir ihn als einzelne, jeder für sich, jeder allein geführt hätten oder führen wollten. Der letzte und inhaltliche Zweck des Staates ist: *Die menschliche Bestimmung, d.h. alle Kultur, deren das Menschengeschlecht fähig ist, zum wirklichen Dasein herausbringen und zu gestalten.* Er ist die Erziehung und Entwicklung des Menschengeschlechtes zur Freiheit.

Ja, Vetter Michel, nur in dem Staat, in dem die ganze Tugend des Menschengeschlechtes sich verwirklichet, wo alle an den Errungenschaften der Kultur und der gewonnenen Macht des Menschen über die Natur und ihre Kräfte teilnehmen können, nur da wird der Wert des Einzelnen nie mehr unter dem eines Tieres oder einer Maschine stehen. Erst wenn die Ungleichheit der Rechte und der daraus entstandene Klassenkampf, wenn Ungerechtigkeit und Vergewaltigung aufgehört haben, werden Macht und Recht eins sein und auch bleiben für immer. 343

Zweites Gespräch

MICHEL: Ich dürfte wetten, schon das erstemal zu erraten, wovon du mir heute vorpredigen wirst.

LEHRER: Nun denn, wovon?

MICHEL: Wir könnten nun vom Wetter oder von der Erdäpfelkrankheit anfangen, du würdest alles drehen und wenden, daß du wohl schon in zwei Sekunden wie von selbst auf das allgemeine Wahlrecht zu sprechen kämst.

LEHRER: Dazu gehört gerade keine besondere Rednergabe. Ein Blick auf unsere jetzigen Zustände, ihre Ursachen und ihre Wirkung zwingt uns fast, darauf zu kommen und du hast recht, wenn du sagst, daß ich von jedem – wenigstens von jedem bedeutenderen Ereignisse binnen zwei Sekunden, ohne unnatürliche Sprünge machen zu müssen, auf dieses von unserer Zeit immer dringlicher geforderte Recht kommen könnte. Am besten aber geht es doch, wenn wir gleich wieder an unsere Unterredung vom vorigen Sonntag anknüpfen.

MICHEL: Dann kann ich dir gleich sagen, was mir dabei aufgefallen ist. Du bezeichnetest die Idee, den einzelnen als solchen frei sein, sich entwickeln zu lassen, als eine für die Entwicklung des Menschengeschlechtes zum Höchsten nicht ausreichende, weil nicht alle gleich reich, gleich gescheit und gleich gebildet sein können. Du hast mir doch auch nicht abgestritten, daß der Bürgerstand, die Klasse der Wohlhabenderen am fortgeschrittensten sei. Ist es nun, frage ich, ist es nach diesem wirklich zu beklagen, daß diese sich, wie das ganz natürlich, mit der Zeit mehr politische Rechte aneigneten als die anderen, als wenigstens die noch ganz unreife Arbeiterklasse? Durftest du beinahe darüber spotten, daß wir fast nur in einer Klasse, in der der Krämer, wie du sagtest, uns entwickeln, nachdem du mir ja das erwähnte Zugeständnis machtest? Gerade wenn die ganze Tugend des Menschengeschlechtes im Staate sich verwirklichen soll, kann ich die Herrschaft der Menge nicht wünschen, dieses doch so bildungsarmen Ungeheuers, das nicht weiß, was es will, und nicht kann, was es soll.

LEHRER: Es ist dir etwas Wunderliches begegnet; du willst die jetzigen Zustände verteidigen und verdammst sie. Wenn die Menge wirklich so bildungsarm sein sollte – was sie aber nicht ist – woran läge das? Von wie vielen geschickten Photographen wußte man vor hundert Jahren zu erzählen oder in welcher Druckerei Deutschlands hatte man vor einem halben Jahrtausend den flinkesten Setzer?

MICHEL: Damals war man auf das noch gar nicht gekommen.

LEHRER: Gut! Jetzt aber sind viele darauf gekommen, ohne daß man ihnen gerade eine besondere Begabung nachrühmt; sie stellen wenigstens die Auftraggeber zufrieden. Sie befinden sich dabei um so besser, weil die wohlhabenderen Klassen, zu den genannten Beschäftigungen, wie überhaupt zu allem, was Fleiß und Anstrengung erfordert, gar nicht befähigt, ihnen nie Konkurrenz machen werden. 344

MICHEL: Das letztere beweist doch nur, daß die von dir gar zu arg mitgenommenen Klassen weder Zeit noch Lust zu solchen Beschäftigungen haben; ihre Unfähigkeit aber ist damit noch keineswegs erwiesen.

LEHRER: Du glaubst also, daß es sogar unter ihnen Leute gäbe, die so etwas ganz ordentlich treiben könnten?

MICHEL: Warum nicht? Doch sie sind eben zu etwas Höherem da und du wirst doch auch den Gelehrten, den Dichter als Arbeiter gelten lassen.

LEHRER: Von Herzen gern; doch darum handelt es sich eigentlich nicht. Wenn man sogar einer verhältnismäßig kleinen Anzahl der Wohlhabenden eine Befähigung auch dann nicht absprechen dürfte, wenn sie dieselbe noch nie gezeigt hätte, sollte man es dennoch wagen, der Mehrzahl, der ungeheuren Mehrzahl in einem anderen, aber ähnlichen Falle weniger zuzutrauen? Jahrhunderte hat immer und überall das Sprichwort gegolten: »Wem Gott ein Amt gibt, dem gibt er auch den Verstand.« Sollte das Volk nicht berechtigt sein, die aufgebrachten tiefsinnigen Verteidigungsgründe für dieses Wort auch einmal für sich zu fordern?

MICHEL: Damit es auch in Zukunft zum Nachteil der Gesellschaft seine Geltung behalte. Meine Forderung wäre: Nur schnell weg mit dieser Altweiberweisheit und für immer! Wer den Verstand hat, soll auch das Amt haben. Eine Wahl ist etwas höchst Wichtiges, und wenn man sieht, mit welchem Leichtsinn die unteren Klassen vorgehen – –

345 LEHRER: Und ihren Bettelteil von Rechten wegwerfen.

MICHEL: Wer das Kleine verachtet, ist des Großen nicht wert.

LEHRER: Dieser Spruch paßt ganz gut für die Wirtschaft oder in ein Taschenbuch für junge Kaufleute; aber daß überhaupt der Mensch sich unwert mache des Großen, wenn er das Kleine, Kleinliche möchte ich sagen, verachtet, wirst doch auch du sicher nicht behaupten wollen. In unserer Schule sollten auf einmal die Prämien nach Altersklassen und nicht mehr wie früher nach Verdienst verteilt werden. Der Pfarrer hatte dabei sicher die gute Absicht, so auch dem ärmsten Kinde zu einer hübschen Prämie, einem ordentlichen Gebetbuch zu verhelfen. Aber man hat das, wie löblich es auch scheinen mochte, gar bald wieder aufgeben müssen.

MICHEL: Natürlich! Weil der Wetteifer aufhörte, nachdem man es den Kindern nahelegte, sich nach dem Alter zu klassifizieren.

LEHRER: Nun, ist's anders, wenn einzelne ihrer bevorzugten Stellung sicher sind, während andere nicht wagen dürfen, nach einer solchen zu ringen?

MICHEL: Aber deinen Vergleich hättest du doch eigentlich nicht bringen sollen. Er zeigt eben, wohin deine Gleichmacherei führt: Der der Gesellschaft so nützliche Wetteifer hört auf –

LEHRER: sobald es Klassenschranken gibt.

MICHEL: Du redest aber doch selbst immer vom sog. vierten Stand und beweisest mir trotz allem und allem, daß dieser wenig mit den andern gemein hätte und nur selten mit ihnen gehen könne.

LEHRER: Und du hast mir das um so eher zuzugestehen, da du einen solchen Unterschied, z.B. in der Bildung, selbst behauptest. Soll nun dieser Unterschied ewig fortbestehen? Du hast nicht geleugnet,

346 daß es in der jetzt sozusagen machtlos dastehenden Mehrheit viele

Talente gäbe, die jetzt der Gesellschaft verloren sind, indem sie nie eine ihrer würdige Stellung zu erringen vermögen, wo sie, mit allen bereits errungenen Kulturschätzen ausgestattet, zum Wohle der Gesamtheit nach den höchsten Zielen streben könnten. Du wirst nun auch mit mir den der Gesellschaft aus ungleicher Rechtsverteilung erwachsenden Verlust beklagen und noch mehr: Du wirst mit mir fürchten, daß die so zurückgehaltene Kraft sich einmal gegen alles Bestehende kehre, wie ein mächtiger Strom, mit Gewalt aufgehalten, solange anschwillt, bis er endlich die Schranken zu durchbrechen vermag.

MICHEL: Nun denn, so macht man es auch, wenn man mit einem schwachen Strom große Holzmassen vom Platze bringen will.

LEHRER: Nein, dann wartet man nicht, bis das Wasser selbst die sog. Stube durchbricht, weil sonst der losbrechende Strom auch die angrenzenden Wiesen überschwemmen und so mehr, weit mehr schaden als nützen könnte.

MICHEL: Du und deine Gesinnungsgenossen wünschten also, um ohne Bild zu reden, keine Revolution?

LEHRER: Eine Revolution mit Heugabeln und Pflastersteinen ist immer etwas Furchtbares. Schon im Interesse der hohen Kultur, die wir bereits errungen, könnte kein Menschenfreund wünschen, daß des Volkes von niemand zu schätzende Kraft, sich plötzlich entfesselnd, sich gegen alles Bestehende wende, um, was nicht zu vermeiden, mit dem Unkraut auch den Weizen auszuraufen. Warum reden wir uns so oft heiser? Warum gehen wir mutig dem entgegen, was jeden bedroht, der für die Armen und Elenden einzustehen wagt? Wünschten wir durch rohe Gewalt den Sieg des vierten Standes errungen – o, dann könnten wir ruhig und still in einem Winkel sitzen und, von keinem Menschen angefeindet, ganz gemütlich 347 warten, bis der Strom stark genug sein wird, um die Schranken zu durchbrechen. Wir wollen die bereits errungenen Kulturschätze erhalten und vermehren für alle und durch alle. Für diesen großen Zweck soll alle gereifte männliche Vernunft gewonnen, alle Kraft angespannt werden, die jetzt ziel- und zwecklos sich selbst verzehrt oder gar sich dem Bestehenden feindlich gegenüber stellt und alles in Jahrhunderten und Jahrtausenden mit dem Schweiß und Blut der Edelsten, Bevorzugtesten Errungene zu vernichten droht.

MICHEL: Nach diesem hätte es bisher der armen sündigen Menschheit an nichts gefehlt, als am allgemeinen Wahlrecht. Und doch war es die Menge, die den Sokrates vergiftete und dem Größten unter den Großen ihr »Kreuzige« entgegenschrie?

LEHRER: Ich habe dir schon gesagt und du weißt selbst, daß die Menge nur den Vorteilen der bevorzugten Klasse diene. Das Ungeheuerste, was die Geschichte uns erzählt, entstand immer daraus, daß dieser Zustand von den Gesetzen, die stets der Ausdruck der Wünsche und Bedürfnisse der Mächtigsten gewesen sind, gutgeheißen, so unveränderlich gemacht und mit einer so festen Mauer umgeben wurde, als das den Menschen nur immer möglich war. Sollte eine Gesetzgebung, die nur das Werk derjenigen war, die auf Unkosten aller übrigen groß und mächtig wurden, andere Früchte tragen? Könnte ein Rechtszustand, der nur auf den Schwächen, den Leidenschaften der Menge ruhte und der die von ihm Gehobenen und Getragenen gleichsam zwang, mit ihm auch seine Grundlagen zu erhalten – könnte so ein Rechtszustand wohl verglichen werden mit dem, der sich auf die Vorzüge der Menschen stellt und innerhalb dessen sich die edelsten Kräfte, die schönsten Eigenschaften aller frei und zum Wohl des Ganzen entwickeln werden? Nein, Michel, die Bildung einzelner ist keine Garantie für den Fortschritt aller, sondern eher das Gegenteil, denn Wissenschaft ist Macht.

MICHEL: Ich glaube dich zu verstehen, wenn ich auch nicht einverstanden bin. Gerade wenn du einzelne nicht allzu mächtig wissen möchtest, kannst du das allgemeine, gleiche Wahlrecht nicht wünschen, denn du mußt doch auch wissen, wie leicht der Hans und der Josef zu gewinnen sind.

LEHRER: Ob der Hans und der Sepp von dem oder diesem[1] gewonnen sind und was der Jodok und der Kaspar meinen, war bisher verdammt gleichgültig.

MICHEL: Bisher! Aber nun würde das eben bei weitem nicht mehr gleichgültig sein und diese guten Freunde könnten traurige Erfahrungen machen.

LEHRER: Gut! das sollen sie auch und dann werden sie schnell weiter kommen, wenn sie allenfalls wirklich auch noch nicht weiter sein sollten. Eben darum nenne ich das allgemeine Wahlrecht und die damit gegebene Öffentlichkeit der allgemeinen Angelegenheiten eine Volksschule, in der sich die edelsten Kräfte, die schönsten Eigenschaften aller zum Wohl des Ganzen frei entwickeln, das Böse aber schon der Öffentlichkeit wegen in den Hintergrund gedrängt wird. Noch ist der gemeine Mann gewissenhaft, noch fehlt ihm nicht das Gefühl der Selbstverantwortlichkeit. Er wird nicht mehr gleichgültig bleiben, sobald er nicht mehr aller Welt gleichgültig ist. Jede Saite zittert, wenn ein verwandter Ton angeschlagen wird, und das bisherige Verhalten des gemeinen Mannes beweist nur, daß der verwandte Ton noch nicht angeschlagen wurde. Ist's doch noch nicht hundert Jahre, seit die damals bevorzugten Stände auch den Bürger als unfähig und unwürdig jedes politischen Rechtes erklärten und noch heute kann man ähnliches in gewissen Kreisen sattsam hören. Das Volk aber hat gezeigt, wie es hierüber denkt. Denn wie fremd ihm auch die Größen der Landtage zu sein scheinen, es trägt und stützt doch die Rechte des Bürgers, was von diesem – wenigstens indirekt – auch immer zugestanden wird, indem er sich um seinen Beifall bemüht. Es wäre traurig und eine Schande unseres aufgeklärten Jahrhunderts, wenn die herrschenden Klassen die Kraft und Bildung der nicht mit Glücksgütern gesegneten vier Fünfteile der Gesamtheit, die schon durch die Forderung gleiches Rechtes für alle ihr Dasein verkündet, von der großen

349

---

1 Diesem, mundartlich = jenem.

Kulturarbeit ausschließen, sie ihr feindlich gegenüberstellen oder in andere Kanäle drängen wollten.

MICHEL: Nun, du magst in mancher Beziehung recht haben; nur ist noch sehr fraglich, ob die Verhältnisse dem gemeinen Mann erlauben, sich so zu bilden, wie es nötig wäre, wenn dieses Recht wahrhaft gute Früchte tragen sollte.

LEHRER: Es ist doch ein Elend, daß die Verhältnisse dem gar nichts erlauben, durch den sie bestehen. Woher kommen die Soldaten, die das Teuerste, ihr Leben, für den Bestand einer gesellschaftlichen Verbindung einsetzen müssen? Wer zahlt die meisten Steuern? Wer arbeitet und schwitzt für alle? Ist etwa das auch Teilung der Arbeit, wenn die einen die Mühen, die anderen die Genüsse haben? Wenn die einen säen für alle und die anderen ernten nur für sich? Wenn der Jäger es dem Zusammenleben mit anderen, wenn er es der bereits vorrätigen Arbeit verdankte, daß er sich bessere Werkzeuge verschaffen konnte, ist's etwas anderes, als beim Sohn unseres Jahrhunderts, der, wenn auch mit allen Kenntnissen und Fertigkeiten ausgestattet, auf einer öden Insel doch wieder so ziemlich von vorn würde anfangen müssen? Und so viele sollten von den Früchten einer Verbindung, zu der sie gehören, der sie manches Opfer bringen, zwar nicht ausgeschlossen sein, aber doch fast nur das erhalten, was ihnen der Zufall oder ein Sturm vielleicht noch unreif in den Schoß wirft! Nein, du bist ein zu guter Michel, um nicht allen, den Christen und den Juden, aber auch den Armen und den Reichen, gleiches Recht auf die Kulturschätze zu wünschen, die die Größten und Edelsten oft um den höchsten Preis erkämpft haben; und ein zu belesener Michel bist du, um nicht zu wissen, daß die Bevorzugung einzelner oder einer Klasse auf Unkosten aller der Entwicklung der Gesellschaft zum Höchsten nachteilig und hinderlich ist.

350

MICHEL: Ich kann in der Eile nichts sagen als: »Diese Spitzfindigkeiten nötigen mir eher ein Zugeständnis ab, als daß sie mir eine Überzeugung beibringen[2].«

2   Cicero, Tuskulanen, I, 16.

LEHRER: Wenn du bisher deine Überzeugung ausgesprochen hast, so sind wir ja in der Hauptsache schon völlig eins. Auch du sagst, daß man einer ganzen Klasse eine Befähigung noch nicht absprechen dürfte, wenn sie dieselbe auch wirklich noch nie gezeigt hätte, und auch, daß, die Klassenvorrechte wie in der Schule so überall der Entwicklung und dem wahren Fortschritte hinderlich seien. Wir haben ausgemacht, daß durch das allgemeine, gleiche Wahlrecht nicht nur die auf Unkosten anderer oder wie immer groß Gewordenen, sondern die Tüchtigsten am meisten Einfluß bekommen würden. Denn erst dadurch wird die Wissenschaft wahrhaft eine Macht werden, während jetzt nur einzelne sich aneignen können, was die Wissenschaft bringt. Es handelt sich jetzt also nur noch um die Ungunst der Verhältnisse, d.h. es handelt sich darum, daß der sog. gemeine Mann noch nicht ist, was er erst durch das allgemeine Wahlrecht recht und nur durch dieses, nicht etwa schon durch »aufklärende« Zeitungsartikel, werden kann, werden wird und werden muß. Schon die Parteikämpfe in Vorarlberg, das noch vor wenigen Jahren keine eigene Zeitung hatte, haben, wer wollte das leugnen, die Aufmerksamkeit des Volkes geweckt, obwohl es mit keinem Teil unbedingt gehen mochte. Immer mehr Verständnis äußert sich für die Fragen und Forderungen der Gegenwart und ich sage mit Freude: Es hat sich hier im letzten Jahrzehnt manches geändert, was doch nur den Menschen zuzuschreiben ist, die jedenfalls über den Verhältnissen stehen oder doch stehen sollten. Ich komme hier vom Besonderen auf das Allgemeine. Sage mir: Was überhaupt ist das Menschliche oder das Göttliche im Menschen? Was erhebt ihn über alle Geschöpfe? Was versteht man unter Seelengröße, Tugend, Heiligkeit anderes, als daß der Mensch herrsche über die Welt, über das Tier und das Weltliche, Tierische in ihm? Darum eben ist die Geschichte, die Entwicklung des Menschengeschlechtes, ein Kampf mit der Natur, ein Kampf mit den Verhältnissen. Alle sollten gleich, d.h. nach Kräften an diesem Kampfe teilnehmen können, und aller gereiften männlichen Vernunft, die von Gott gesetzt war, »über die Erde zu herrschen«, wird der Sieg

351

nicht fehlen. Ein Sieg, dessen Glanz keine Träne verdunkelt, dem kein Fluch folgt, ein Sieg, dessen Preis kein neuer Feind mehr streitig macht, so daß alle ungestört bauen können an dem neuen Tempel, an der wahren christlichen Kirche, die dann auf dem festesten, breitesten Grunde, auf Gleichberechtigung und allgemeiner Bildung ruht.

Drittes Gespräch

MICHEL: Deine letzten Reden haben mich ordentlich warm gemacht; du hast etwas gelernt bei den Deutschen draußen in ihren Vereinen. Doch wenn man so alles überlegt, wenn man, statt von der Begeisterung sich hinreißen zu lassen, die steingraue Wirklichkeit sich ansieht, dann – lieber Vetter – kommen einem immer neue Bedenken. Ja, wenn man so wie du sich über alle Verhältnisse stellte, dann wär's freilich hübsch und gut; doch sag' mir einmal: Wähnst du nicht, die Selbstsucht sei auch eine Macht?

LEHRER: Allerdings – und am größten ist diese Macht, wenn der einzelne sich einer Menge anderer einzelner gegenüber sieht.

MICHEL: Am Ende ist wohl jeder sich selbst der Nächste und auch dem weisesten Gesetzgeber wird es nie gelingen, alle Bürger eines Staates zu tüchtigen Politikern und zur Opferwilligkeit heranzuziehen. Jeder wird zunächst eben für sich selbst sorgen.

LEHRER: Und weil er dazu ein Recht hat und sogar verpflichtet ist, so soll auch jeder gehört werden, sollen alle durch ihre Gewählten bei der Gesetzgebung vertreten sein, dabei mitreden können.

MICHEL: Da würde man allerlei zu hören bekommen.

LEHRER: Versteht sich!

MICHEL: Es gibt z.B. noch viele Leute, die weit weniger verdienen, seitdem man die Kraft des Dampfes so gut zu benützen weiß. Diese nun verfluchen alle Maschinen, alle Dampfkessel als die wahren Höllenrachen, aus denen Elend und Not wie nie vorher auf die Welt gekommen sei. Manche erwarten mit Sehnsucht den Tag, an dem sie einmal ihren Zorn an den »verfluchten Zwingburgen der Neuzeit« auslassen könnten.

LEHRER: Ganz begreiflich!

MICHEL: Und das sagst du so ruhig?

LEHRER: Es bestätigt nur, was ich vor acht Tagen vom gewaltsam zurückgehaltenen, allen Kulturpflanzen Verderben drohenden Strom bemerkt habe.

353

26

MICHEL: Und mit solchem Material wolltest du den stolzen Tempel aufbauen, von dem du mir damals vorpredigtest?

LEHRER: Warum nicht? Selbstsucht findet man auch in Kreisen, wo sie noch viel weniger zu entschuldigen ist.

MICHEL: Aber diese Dummheit, die überall »halt!« schreit, wo man sie nicht voranläßt!

LEHRER: Gar so dumm darf man die guten Leute denn doch nicht schelten.

MICHEL: Also auch da noch finden sie an dir einen Verteidiger! Das ist allerdings noch unbegreiflicher, als ihr Toben gegen Einrichtungen, deren Vorteile für alle und mithin auch für sie, die Tröpfe eben nicht einzusehen vermögen.

LEHRER: Der Vorteil der Maschinen für die Gesamtheit besteht nach meiner Ansicht darin, daß, durch sie den Menschen sowohl Arbeitskraft als Arbeitszeit erspart wird. Nun aber haben wir schon gehört, daß die von der Menschheit bereits errungene Macht über die Verhältnisse viel ungleicher verteilt ist, als angemessen ist unserer Idee von der Gesellschaft, in der alle für jeden und jeder für alle da sein sollten.

MICHEL: Du wünschtest also gleiche Verteilung des Besitzes unter alle?

LEHRER: Ich wollte wirklich, die Menschheit wäre fähig, der ersten Christengemeinde zu gleichen.

MICHEL: Das ist sie aber nicht!

LEHRER: Nein, und wird es sobald nicht werden. Daher wünsche ich auch nicht gleiche Verteilung des Vermögens, sondern, was ganz billig ist und von den jetzigen Bedürfnissen und dem jetzigen Bildungsgrad des Arbeiterstandes gefordert wird, ich möchte gleichen Anteil für alle an den Vorteilen der Vergesellschaftung und an der Macht der Menschen über die Naturkräfte.

MICHEL: Nun, das haben wir ja schon; kauft doch der Arme wie der Reiche billiger ein, seit die Dampfkraft die anstrengendsten Arbeiten hat übernehmen müssen.

354

LEHRER: Allerdings! Die Vorteile haben sie beide gemein; aber einzig auf Kosten des armen Arbeiters, der nun seine Kraft und seine Zeit viel billiger zu verkaufen gezwungen ist.

MICHEL: Das Niederreißen der Fabriken wäre demnach also die erste große Tat der sich zur höchsten Tugend entwickelnden Menschheit!

LEHRER: Wann habe ich es beklagt, daß jetzt die Naturkräfte für den Menschen arbeiten? Aber bitter beklagt haben wir beide, daß einzelne, die einen Zweck verfolgen, die Menschen nur noch nach ihrer Dienlichkeit zur Erreichung desselben, also oft weniger als ein Roß oder eine Maschine schätzen. Es kam dir schauderhaft vor, daß dein Ältester nur noch als Werkzeug galt, was er als solches gegenüber Pferden und anderen Werkzeugen wert war. Nun sage mir aber: Was müssen die Millionen denken und empfinden, die immer Werkzeuge sind, sie mögen Kleider kaufen oder Kinder zeugen, sie mögen tanzen oder arbeiten, salzen oder schmalzen, sich verehelichen oder ausziehen in den Krieg?

MICHEL: So dient eben jeder der Gesamtheit.

LEHRER: Sie dienen aber eigentlich nur einzelnen, und indem sie deren Vermögen vermehren helfen, vergrößern sie auch deren Vermögen, immer neue Kräfte sich dienstbar zu machen, und müssen so Waffen schmieden gegen sich, selbst und die eigenen Kinder. Das soll, das muß anders werden; der Arbeiter muß wieder sein eigener Unternehmer werden, damit ihm der volle Arbeitsertrag zukomme und er wirklich teilhabe an den Wohltaten der Vergesellschaftung und der Macht des Menschen über die Natur.

355

MICHEL: Ich habe schon von solchen Vereinen gehört, die Ähnliches anstreben. Doch für die Landbevölkerung, für den Bauer im Bregenzerwald käme da nichts heraus als, wenn es den Arbeitern gelänge, sich zu einigen, etwas höhere Preise der Gegenstände, die wir nun einmal kaufen müssen. Wir sollten solchen Bestrebungen feindlich gegenüberstehen, denn hier ist, wenn auch manches Gütlein schwer belastet sein mag, denn doch noch jeder sein eigener Unternehmer.

LEHRER: Wenigstens wähnt er noch, das zu sein; in der Tat aber verhält es sich so: Der Hans bekommt von der Hinterlassenschaft des Vaters z.B. 800 Gulden, also eine Summe, von der er nicht lange zehren könnte. Hat er nun, wie viele Bauernsöhne, kein Handwerk gelernt und fällt nicht ihm das Anwesen zu, auf dem er zu Lebzeiten des Vaters Arbeit und Brot hatte, so muß er sich gleich Werkzeuge zum Arbeiten, Grundstücke, kaufen. Für 800 Gulden bekommt er aber nicht genug Werkzeuge, um sich damit durchzubringen; er muß seine Werkzeuge viel teurer, ja vielleicht gerade um die 800 Gulden zu teuer einkaufen. Denn es sind immer mehrere, die Werkzeuge kaufen müssen, um sich erhalten zu können. So wird natürlich der Preis so hoch hinaufgetrieben, daß nichts mehr zu gewinnen ist, und unser Hans muß daher so gut mit fremden Werkzeugen arbeiten wie der Fabrikler. Ich behaupte: Der Bregenzerwald ist unter den jetzigen Verhältnissen beiläufig so viel wert, als durch die Summe seiner Schuldenlast ausgedrückt wird. Das Vermögen der Bauern aber besteht in der Summe, um welche der Preis höher ist als der wirkliche. Wert, denn darin liegt ja die Konkurrenzkraft. Daß ich hier nur vom Grundbesitzer, vom eigentlichen Bauern rede, kannst du, der mich dazu aufforderte, dir denken[1].

MICHEL: Da ist unser Hans allerdings schlimm dran mit seinen 800 Gulden; wenn er aber nun 8000 bekommen hätte?

LEHRER: So hätte er als Bauer eine wenigstens zehnmal stärkere Konkurrenzkraft.

MICHEL: Nach diesem müßte das wirkliche Vermögen in den letzten zwanzig Jahren bedeutend gewachsen sein.

LEHRER: Allerdings in den Preisen des Holzes und unserer Produkte wurden uns auch die Arbeiten für bessere Verbindungsmittel zu-

---

1 Es ist allgemein anerkannt, daß hier der mittellose *Handwerker* sich besser befindet, als der im selben Grade mittellose Bauer, wenn dieser nicht nebenbei sich auch als Handwerker etwas zu verdienen imstande ist.

rückbezahlt, der Handel hat angefangen, sich zum Verkehr zu erweitern.

MICHEL: Wie ist das zu verstehen?

LEHRER: Wenn einzelne den Tausch für alle besorgen, so ist das einfach Handel; wenn mehrere, wenn alle tauschen könnten, ist das, wie Carey sagt, Verkehr. Je besser die Verbindungsmittel sind, desto lebhafter wird der Verkehr und desto billiger das ihn vermittelnde Werkzeug. Ein Brief von Bregenz nach Wien braucht höchstens zwei Tage, einer von Bregenz nach dem neun Stunden von dort entlegenen Dorf Au manchmal eine ganze Woche und doch kostet der Brief nach Wien fünf, der nach Au neun Neukreuzer. Dort dient die Post dem starken Verkehr, hier scheint ein so schwacher Verkehr vorausgesetzt zu sein, daß er dem Gerichtsboten untergeordnet wurde. Du kennst die Nachteile dieser einer früheren, noch ziemlich ruhigen Zeit entstammenden Einrichtung so gut, daß ich wohl gleich auf die Anwendung meines Vergleiches übergehen darf. Der wöchentlich zweimal kommende Gerichtsbote und solche, die man oft auf eigene Rechnung aufs nächste Postamt schicken muß, sind hier gleichsam die Händler, deren einzelne Gänge um so mehr von ihrem Werte verlieren, je mehr gezwungen sind und je öfter sie gezwungen sind, solche Diener des Verkehrs neben dem früheren allmächtigen Beherrscher desselben, dem Gerichtsboten, ins Feld zu schicken. Und nun, da wir glücklich an unserer Heimat angekommen sind, finden wir viel Altes und Bekanntes wieder. Wenn der Käsproduzent noch immer dastehen und warten muß, bis der Händler kommt und ihm die Summe nennt, die er ihm für sein Produkt geben will, so ist der Händler nicht das Werkzeug und den frommen »Wäldern« muß man nachreden, daß bei ihnen das umgekehrte Evangelium gilt, indem da viele für einen leiden.

MICHEL: Das wäre allerdings so, wenn nur einer einkaufen wollte; so aber wird der Preis durch die freie Konkurrenz geregelt. Jeder Händler sucht aus bekannten Gründen möglichst viel einzukaufen.

LEHRER: Und möglichst billig; denn die freie Konkurrenz wird ihm den Preis auch regeln beim Verkauf, der doch dem Händler das Wichtigste ist und sein muß. Ich glaube, dir hat neulich ein Wiener Zeitungsartikel den Kopf ein bißchen verdreht; ein Artikel über Arbeiterfragen, dessen Herr Verfasser »die Unternehmer einander die Arbeiter und Werkmeister sich wegfischen« läßt.

MICHEL: Ich gestehe, daß ich darin gar nichts so Unebenes fand.

LEHRER: »Kapital und Intelligenz repräsentieren« nach jener Auffassung »den Unternehmer«. Gut! Und diesem mächtigen Unternehmer gegenüber steht der Bauer, dessen Lage wir schon besprochen, oder der Arbeiter, der wie jener leben und verdienen muß, während das Kapital frei und groß und allmächtig dasteht und seinen Besitzer trägt. Ich möchte zur Abwechslung doch einmal so eine Wegfischerei der Arbeiter und Werkmeister sehen. Es müßte ein herrliches Schauspiel sein: den Arbeiter auf seinem Produkte thronend, die armen Kapitalisten aber um ihn herum sich drängend und fischend zu erblicken, und ich gebe dir hundert Gulden für so eine Szene auf dem Markt der Welt. Die fernere Behauptung, daß »Kapital und Intelligenz, die den Unternehmer vorstellen, sich mehren«, ist nicht anzustreiten; ob aber, solange diese Vermehrung wie bisher vorgeht, darum auch die Unternehmer sich mehren, ist keine Frage mehr für den, der sich nur ein wenig auf dem Marktplatz umsah, auf diesem Schlachtfelde des Kapitals, wo nur die und immer von neuem die Sieger bleiben, welche die meisten Hilfstruppen aufzustellen imstande sind. Da müssen der Unternehmer immer weniger werden, der arme Arbeiter, dessen Ausbeutung der Zweck dieses Krieges aller gegen alle ist, verliert bei diesem Kriege sowohl, wenn sein Arbeitgeber als Großmacht aus dem Kampfe hervorgeht, als wenn er geschlagen wird.

MICHEL: Es ist freilich traurig!

LEHRER: Und unnatürlich dazu! Drum wird, drum muß es anders werden und auch für den vierten Stand seine Zeit kommen. Er hat ein Recht auf den *ganzen* Ertrag seiner Arbeit, auf *volle* Gleichberechtigung und muß daher auch in die Lage gebracht werden, als sein eigener Unternehmer an den Wohltaten der menschlichen Vergesellschaftung teilzunehmen.

MICHEL: Aber jetzt ist er dazu noch nicht fähig.

LEHRER: Wann, wenn du das aussprechen kannst und darfst, wann ist der Mensch fähig, zu seinem Rechte zu kommen? Soll er etwa außer demselben dazu erzogen werden?

MICHEL: Es würde allerdings schon ein Fortschritt und ein Beweis 359 höherer Befähigung sein, wenn es z.B. gelänge, die vor einem Jahr schon viel besprochene Vereinigung der hiesigen Bauern zur gemeinsamen, auf eigene Rechnung zu betreibenden Verwertung der Produkte der Milchwirtschaft zustande zu bringen.

LEHRER: Und ist je ein einmal in bestimmter Form zutage kommender Gedanke überall so eifrig besprochen worden wie dieser? Hat sich wenigstens hier herum je eine Idee schneller verbreitet und Anhänger in allen Kreisen gefunden?

MICHEL: Nein, aber vom Wort bis zur Tat ist denn doch gewöhnlich noch eine weite Strecke.

LEHRER: Wenigstens bei bloßen Wortmachern; aber die Bauern sind gewöhnt, der einmal gewonnenen Überzeugung Ausdruck zu geben und vielen und immer mehreren leuchtet es ein, daß die Vereinigung der Bauern zu Selbstunternehmern die Wirtschaft heben und dem gemeinen Mann nicht nur zu einem höheren Ertrag verhelfen, sondern ihn auch rühriger und tüchtiger und für die Zukunft unabhängiger machen würde.

MICHEL: Aber wo Geld dazu hernehmen?

LEHRER: Sag' mir fürs erste: Fordern die Händler von den ins Geschäft gesteckten Summen keine Zinsen?

MICHEL: Sie wollen und müssen diese allerdings auch verrechnen.

LEHRER: Allerdings! Und das ist für jetzt genug zugestanden. Sie haben oft nicht eigenes Kapital, mit dem sie unsere Arbeit sich fruchtbar machen, und sie wollen natürlich nicht nur Zins, sondern auch Lohn und Profit. Ist das alles nicht mehr zu bekommen, so gibt der Händler sein Geschäft auf und wir sind dann, gerade im schwierigsten Fall, wenn alles stockt, dennoch auf uns selbst angewiesen. Jetzt läßt man, wie gesagt, den vierten Stand politisch und sozial nur etwas gelten, denkt nur an ihn, wenn man ihn ausbeuten will.

MICHEL: Die Sache wäre schon gut; aber wer dem Volk oder, wie du sagst, dem vierten Stand helfen will, dem geht es wie einem, der ein recht unartiges und, wenn ich so sagen darf, verkommenes, schmutziges Kind waschen und kämmen will.

LEHRER: Und wenn es auch so wäre, man würde und müßte doch für das Kind sorgen, schon weil es mit zur Familie gehörte, der es sonst durch sein Aussehen wenig Ehre machte. Jedoch wird das Kind sich der Bemühungen seiner Freunde würdiger zeigen, als du fürchtest, es wird groß und stark und gut werden durch das Recht, durch welches es gehoben und erzogen wurde.

MICHEL: Anderwärts vielleicht wohl, aber hier herum?

LEHRER: Wir haben schon ausgemacht, es sei zuweilen ein Beweis von Einsicht und Gesundheit, wenn man dem nicht folgt, der sich uns als Ratgeber und Führer vorstellt. Einzelne blendet die Neuheit eines Gedankens und mit diesen ist nicht viel gewonnen; das Volk aber will Wahrheit und Recht. Als die lautesten Parteien im Ländchen sich zu bekämpfen begannen, suchte man vergebens auch den sog. gemeinen Mann ins Getümmel des Gefechtes zu ziehen; aber das war kein Beweis, wie er sich verhalten würde, wenn die Fahne für volle Gleichberechtigung aufgepflanzt werden sollte. Es wäre wenigstens unartig, zu behaupten, daß er auch dann gleichgültig bleiben werde und nicht einstehen für gleiches Recht auf die Wohltaten der Vergesellschaftung.

MICHEL: Der Sieg einer solchen Partei müßte aber zu einer Herrschaft des vierten Standes führen.

LEHRER: Wenn die Menge doch gar so bildungsarm wäre, so säh' ich nicht ein, wie und warum, da ja die rohe Kraft sich immer mehr und mehr der höheren Intelligenz unterordnen muß. Freilich hast du noch zugestanden, daß man einer ganzen Klasse eine Befähigung denn doch nicht rundweg abstreiten dürfe.

MICHEL: Da wäre dann aber wieder nicht von Gleichberechtigung, sondern nur von der Herrschaft des Arbeiterstandes die Rede.

LEHRER: Ich werde hier nicht um Worte streiten, aber auch keine Worte fürchten. Die Ausbeutung derjenigen, die für alle arbeiten und sorgen, muß ein Ende nehmen, der entsittlichende Krieg aller gegen alle muß aufhören und wird aufhören. Denn alles der großen Mehrzahl Unerträgliche hat einmal aufgehört. Jeder nur etwas gebildete Arbeiter weiß das, wie das Gebahren der vielen, in letzter Zeit entstandenen Arbeitervereine deutlich genug beweist. Preußen hat den Arbeitern schon bedeutende Zugeständnisse gemacht, obwohl auch dort noch nicht alle Arbeiter, alle Teile des Volkes sich ihrer Lage bewußt worden sind. Preußen hat nicht auf diesen, dem Thron und der schon errungenen Kultur gefährlichen Augenblick gewartet und sollten wir beide dem Volke weniger zutrauen, als ein König, der seine Krone vom Tische des Herren nahm? Sollten wir uns stolz erheben gegen eine Klasse, die im Schweiße des Angesichtes ihr Brot verdient? Nein, Michel! Freuen wollen wir uns über das Morgenrot einer schönen Zukunft und mit allen erlaubten Mitteln der Menschheit zur Ehre und zum Wohl dahin streben, daß die Klasse stark und mächtig werde und neben den anderen stehe, in die einzutreten, jedem möglich, am Anfang aller Geschichte von Gott geboten und für die Gesamtheit vorteilhaft ist. 362

34

Biographie

1839   *13. Mai:* Franz Michael Felder wird als Sohn des Bauern Jakob Felder und seiner Frau Maria, geborene Moosbrugger, in Schoppernau im Vorarlberg geboren. Der freisinnige Kleinbauer eignet sich im Selbststudium eine bemerkenswert hohe Bildung an.

1861   Heirat mit Anna Katharina Moosbrugger. Aus der Ehe gehen fünf Kinder hervor.

1863   Mit der Erzählung »Nümmamüllers und das Schwarzokaspale«, die von den Dorfgeschichten Berthold Auerbachs inspiriert ist, gelingt Felder ein erfolgreiches Debüt als Schriftsteller.

1866   Felder schreibt sein Hauptwerk, die gesellschaftskritischen »Gespräche des Lehrers Magerhuber«.

1866–1868   Durch die Lektüre Ferdinand Lassalles und Thomas Carlyles wird in Felder der sozialpolitische Reformeifer geweckt. Er gründet verschiedene Wirtschaftsvereine sowie eine radikaldemokratische Partei, die vorübergehend sogar regionalen Erfolg hat. Er engagiert sich auch aktiv in der Lokalpolitik und gerät immer wieder in Konflikt mit den regierenden Politikern.

1867   Von der ultramontan orthodoxen heimischen Geistlichkeit verfolgt, muss Felder vorübergehend flüchten.
Sein zweibändiger Zeit- und Erziehungsroman »Sonderlinge« wird veröffentlicht.

1968   Tod seiner Ehefrau Anna.
Der Dorfroman »Reich und Arm« erscheint.

1869   *26. April:* Kurz vor seinem 30. Geburtstag stirbt Felder in Bregenz.

1904   Posthum wird Felders Autobiografie »Aus meinem Leben« veröffentlicht.

Karl-Maria Guth (Hg.)

Erzählungen aus dem Biedermeier

HOFENBERG

Erzählungen aus dem Biedermeier

Biedermeier - das klingt in heutigen Ohren nach langweiligem Spießertum, nach geschmacklosen rosa Teetässchen in Wohnzimmern, die aussehen wie Puppenstuben und in denen es irgendwie nach »Omma« riecht.

Zu Recht. Aber nicht nur.

Biedermeier ist auch die Zeit einer zarten Literatur der Flucht ins Idyll, des Rückzuges ins private Glück und der Tugenden. Die Menschen im Europa nach Napoleon hatten die Nase voll von großen neuen Ideen, das aufstrebende Bürgertum forderte und entwickelte eine eigene Kunst und Kultur für sich, die unabhängig von feudaler Großmannssucht bestehen sollte.

Georg Büchner Lenz **Karl Gutzkow** Wally, die Zweiflerin **Annette von Droste-Hülshoff** Die Judenbuche **Friedrich Hebbel** Matteo **Jeremias Gotthelf** Elsi, die seltsame Magd **Georg Weerth** Fragment eines Romans **Franz Grillparzer** Der arme Spielmann **Eduard Mörike** Mozart auf der Reise nach Prag **Berthold Auerbach** Der Viereckig oder die amerikanische Kiste

ISBN 978-3-8430-1884-5, 444 Seiten, 29,80 €

Karl-Maria Guth (Hg.)

Erzählungen aus dem Biedermeier II

HOFENBERG

Erzählungen aus dem Biedermeier II

Annette von Droste-Hülshoff Ledwina **Franz Grillparzer** Das Kloster bei Sendomir **Friedrich Hebbel** Schnock **Eduard Mörike** Der Schatz **Georg Weerth** Leben und Taten des berühmten Ritters Schnapphahnski **Jeremias Gotthelf** Das Erdbeerimareili **Berthold Auerbach** Lucifer

ISBN 978-3-8430-1885-2, 440 Seiten, 29,80 €

Erzählungen aus dem Biedermeier III

Eduard Mörike Lucie Gelmeroth **Annette von Droste-Hülshoff** Westfälische Schilderungen **Annette von Droste-Hülshoff** Bei uns zulande auf dem Lande **Berthold Auerbach** Brosi und Moni **Jeremias Gotthelf** Die schwarze Spinne **Friedrich Hebbel** Anna **Friedrich Hebbel** Die Kuh **Jeremias Gotthelf** Barthli der Korber **Berthold Auerbach** Barfüßele

ISBN 978-3-8430-1886-9, 452 Seiten, 29,80 €

Karl-Maria Guth (Hg.)

Erzählungen aus dem Biedermeier III

HOFENBERG